VENTE

Des Lundi 22 et Mardi 23 Mars 1875

HOTEL DROUOT, SALLE N° 4

ANCIENNES

FAÏENCES

FRANÇAISES

TAPISSERIES — OBJETS D'ART

PROVENANT EN PARTIE

DE

La Collection de M. de L...

DE ROUEN

EXPOSITION PUBLIQUE

LE DIMANCHE 21 MARS 1875

COMMISSAIRE-PRISEUR	EXPERT
Mᵉ CHARLES OUDART	M. ÉMILE BARRE

CONDITIONS DE LA VENTE

Elle sera faite au comptant.

Les acquéreurs payeront *cinq centimes par franc* en sus des enchères, applicables aux frais.

———

L'Exposition mettant les Adjudicataires à même de se rendre compte de l'état et de la nature des objets, il ne sera admis aucune réclamation une fois l'adjudication prononcée.

CATALOGUE

D'ANCIENNES

FAÏENCES

DE

ROUEN, NEVERS, MARSEILLE, MOUSTIERS, STRASBOURG, ETC.

FAÏENCES
ITALIENNES ET HOLLANDAISES

MEUBLES ET OBJETS D'AMEUBLEMENT
TAPISSERIES
PORCELAINES, ÉMAUX CLOISONNÉS, OBJETS DIVERS

PROVENANT EN PARTIE

DE

La Collection de M. de L...

DE ROUEN

DONT LA VENTE AURA LIEU

HOTEL DROUOT, SALLE N° 4

Les Lundi 22 et Mardi 23 Mars 1875

A DEUX HEURES

COMMISSAIRE-PRISEUR	EXPERT
Mᵉ CHARLES OUDART	M. ÉMILE BARRE
31, rue Le Peletier	20, Chaussée-d'Antin

EXPOSITION PUBLIQUE
LE DIMANCHE 21 MARS 1875
DE 1 HEURE 1/2 A 5 HEURES

DÉSIGNATION

TAPISSERIES

B   **1.** — Six belles Tapisseries *verdures* en ancien aubusson, représentant des paysages avec oiseaux.

B   **2.** — Tapisserie du xvie siècle au petit point représentant le *Mariage de Henri II.*

  3. — Grand Tapis de Perse ancien.

  4. — Tapis d'Orient en velours.

MEUBLES

ET OBJETS D'AMEUBLEMENT

B   **5.** — Six Fauteuils en noyer sculpté, de l'époque *Louis XIV*, recouverts en tapisserie de soie au petit point.

B   **6.** — Meuble à hauteur d'appui en chêne, avec médaillons de figures et ornements, époque *François Ier.*

7. — Bureau *Louis XVI*, à cylindre.

8. — Petit Bureau de dame *Louis XV*, en marqueterie.

9. — Beau Régulateur *Louis XVI*.

10. — Commode *Louis XV*, bois de rose.

11. — Cartonnier *Louis XIV*, en bois de courbaril avec sa garniture en cuir doré.

12. — Pendule en bronze doré représentant l'Amour couronnant le dieu Mars.

13. — Pendule religieuse.

14. — Pendule *Louis XIV*.

15. — Petite Pendule *Louis XIV*, en écaille, avec marqueterie d'étain, signée Turet.

16. — Petite Horloge *Louis XIII*, réveil-matin en bronze gravé.

17. — Porte-montre *Louis XIII*, petit sujet d'après Collat.

18. — Petit Cartel *Louis XV*.

19. — Petite Pendule *Louis XVI*.

20. — Petite Pendule *Louis XIII*.

21. — Pendule, deux Vases et six Appliques en repoussé.

22. — Paire d'Appliques *Louis XVI*, à trois lumières, en bronze doré.

23. — Deux Flambeaux *Louis XIV*, avec fleurs de lys. finement ciselés.

24. — Deux Flambeaux *Louis XV*, argentés.

25. — Deux Flambeaux, bronze doré, *Louis XV*.

26. — Quatre Flambeaux *Louis XV*.

27. — Deux Bouts de table *Louis XV*.

28. — Paire de Chenets *Louis XVI*.

29. — Joli Coffret *Louis XIII*, en bois sculpté.

30. — Cinq beaux Socles en écaille et marqueterie, ornés de bronze.

31. — Socle *Louis XIV*, en bois sculpté et doré, décor de mascarons et oiseaux.

32. — Vierge *Louis XIII*, bois sculpté et doré.

33. — Vidrecome en coco, monture en bronze doré et finement gravé du XVIᵉ siècle.

34. — Tabatière *Louis XVI*, bronze doré et écaille.

35. — Grand Plateau vernis Martin à personnages.

36. — Deux Dessus de porte, grisaille.

37. — Fontaine et son Bassin en cuivre repoussé.

38. — Bassin, cuivre repoussé.

39. — Dague en fer repoussé de la fin du XVIᵉ siècle, avec garde formée par une chimère.

40. — Dague en fer avec animaux sur la garde.

41. — Dague en fer avec garde à ornementation en haut-
relief.

42. — Paire d'Éperons à ornements.

43. — Bel Éperon du XVIᵉ siècle, avec ornements et animaux
fantastiques.

44. — Hausse-col représentant un combat de cavalerie.

45. — Poudrière du XVIᵉ siècle, en fer repoussé.

46. — Poire à poudre du XVIᵉ siècle, en fer repoussé, représentant un cavalier.

47. — Paire d'Étriers en fer fleurdelisé.

48. — Gourde du XVIᵉ siècle, hispano-mauresque, en bronze
gravé, en partie dorée.

49. — Serrure en fer repoussé du XVIᵉ siècle.

50. — Serrure avec clef, formée par des chimères, travail
à jour.

51. — Grand Groupe en terre cuite de Navelet.

52. — Deux Bustes en terre cuite, Faune et Nymphe, d'après
Clodion.

FAÏENCES DE ROUEN

53. — Deux grands Lions de perron se faisant pendants, polychromes, sur socle bleu.

Ancienne enseigne de la faïencerie La Mettairie (1710).

54. — Deux paires de petits Lions d'étagère, même époque.

55. — Porte-montre, grande et belle pièce polychrome soutenue par deux chimères couronnées et devant un écusson fleurdelisé, dans le milieu un médaillon représentant des Nymphes au bain surprises par un Satyre.

56. — Très-belle Bannette, décor de corbeille de fleurs par Chapelle.

57. — Bannette polychrome, décor de chinois à figures.

58. — Petit Pichet polychrome avec riches lambrequins et médaillons, grande finesse d'exécution.

59. — Pichet polychrome avec son couvercle.

60. — Grande Jardinière à guirlandes de fleurs, époque *Louis XIV*.

61. — Paire de Sphinx couchés, à casque et cravate rouge. Symbole de la République 1793.

62. — Fontaine camaïeu bleu, à pendentifs, avec dauphins, côtelée provenant de la maison de campagne de Pierre Corneille *avec certificat*.

63. — Grand Broc, très-riche décor avec médaillon représentant saint Antoine, daté 1721.

64. — Cinq Plateaux de diverses grandeurs, décor en camaïeu, à piédouches et bords festons.

65. — Plateau à pied.

66. — Pot-pourri, camaïeu bleu, anses contournées.

67. — Grand Vase cylindrique, décor de Bérin, avec mascarons et amours dans les rinceaux, décor fond bleu et jaune.

68. — Aiguière à anse incisée et bec spatulé, camaïeu bleu.

69. — Très-grand et beau Plat rond, décor en camaïeu.

70. — Très-grand Plat polychrome, décor au panier.

71. — Grand Plat, décor polychrome, style chinois.

72. — Plat polychrome, représentant une procession de Chinois.

73. — Plat avec carquois et oiseaux, polychrome.

74. — Petit Plat ovale, camaïeu bleu, signé Poterat.

75. — Plat ovale, double corne.

76. — Plat polychrome à anses.

77. — Trois Plats polychromes à pans et à anses.

78. — Grand Plat au carquois.

79. — Deux petits Plats, décor de corbeilles.

80. — Petit Plat octogone, *Louis XIV*, bleu avec rehauts bistre, corbeille centrale, riche bordure.

81. — Trois grands Plats.

82. — Deux Plats à pans.

83. — Plat ovale polychrome.

84. — Grand Plat rond.

85. — Assiette représentant *Saint Roch*, datée 1764.

86. — Quatre Assiettes à lambrequins, décor bleu.

87. — Assiette représentant *Sainte Anne*.

88. — Très-belle Assiette à la corne.

89. — Trois Assiettes polychromes, fleurs et oiseaux.

90. — Assiette polychrome, Chinois en bateau.

91. — Assiette, décor de pagode.

92. — Deux Assiettes en camaïeu, très-riches de décor.

93. — Six Assiettes semblables, bords festons.

94. — Quatre Assiettes polychromes semblables.

95. — Belle Jardinière, cachemire.

96. — Deux Jardinières polychromes.

97. — Jardinière, décor en camaïeu.

98. — Paire de Jardinières polychromes.

99. — Jardinière polychrome.

100. — Deux Jardinières d'applique, très-fin décor quadrillé et fleuronné de Guillibard.

101. — Deux Jardinières d'applique, décor en dents de scie et pendentifs *Louis XIV*.

102. — Jardinière polychrome à étages. Décor de fleurs (Levavasseur).

103. — Grand Légumier, double corne.

104. — Beau Légumier polychrome.

105. — Compotier rosace, bleu, à réserves et dents de scie (Tellier), *Louis XIV*.

106. — Compotier à rosage rayonnant et dents de scie, côtelé. Camaïeu bleu *Louis XIV*.

107. — Compotier côtelé, à pendentifs *Louis XIV*.

108. — Compotier fleuronné, camaïeu bleu à divisions et cabochons *Louis XIV*.

109. — Sept Compotiers polychrome, bords festons.

110. — Deux Compotiers octogones, polychromes.

111. — Petit Compotier à la corne, bords festons.

112. — Quatre grands Saladiers.

113. — Porte-burettes et Burettes, camaïeu bleu.

114. — Porte-burettes et Burettes, bleu et rehauts bistre, *Louis XIV*.

115. — Porte-huilier, camaïeu bleu, à réserves et guirlandes, *Louis XV*. Signé *PM*.

116. — Porte-huilier polychrome, décor fin de la corne tronquée.

117. — Bel Huilier, cachemire.

118. — Huilier polychrome très-fin.

119. — Six Huiliers.

120. — Très-grand Vase de jardin.

121. — Paire de Vases de jardin.

122. — Fontaine complète, très-beau Bassin.

123. — Trois Corps de fontaine, polychromes.

124. — Deux Corps de fontaine, décor en camaïeu.

125. — Grand Cache-pot polychrome, à oreille, même décor.

126. — Lavabo et Bouteille en bleu fixe (lapis lazuli), Villeroy.

127. — Pot à lait, camaïeu bleu, à pendentifs, grand style *Louis XIV*.

128. — Bouteille à liqueurs, camaïeu brun à pendentifs et quadrillés.

129. — Cornet camaïeu brun, dents de scie, motifs de ferronnerie.

130. — Bouteille camaïeu bleu foncé, décor de pendentifs et palmes, *Louis XIV*.

131. — Bouteille de toilette, camaïeu bleu fin.

132. — Écuelle à oreilles ou Gadin, décor polychrome, intérieur et extérieur avec jaune ocré. Sujet *Sainte Madeleine au désert* (1737).

133. — Écuelle à oreille. Très-fin décor polychrome. Le couvercle surmonté d'une chimère (pièce rare).

134. — Bénitier à coquille, polychrome, décor rocaille fleurdelysé (1767).

135. — Plaque-tableau. Sujet de vénerie ornée d'une fine guirlande en relief de volubilis.

136. — Biberon, camaïeu bleu, à rehauts bistre.

137. — Trois Encriers en forme de cœur, camaïeu bleu et brun.

138. — Deux petites Salières à trois compartiments, polychromes, avec couvercle.

139. — Deux Statuettes de hussard de Marceau.

140. — Huit Raviers bouts de table, camaïeu et polychromes, forme losange. Quatre à rehauts bistre (Marietti).

141. — Gourde, camaïeu bleu, personnage ecclésiastique, décorée sur les deux faces.

142. — Casque *Louis XIV*.

142. — Deux petites Coupes polychromes.

144. — Deux Moutardiers.

145. — Potiche à côtes.

146. — Pot.

147. — Saucière.

148. — Quatre Encriers.

149. — Lion très-fin.

150. — Petit Chien.

151. — Deux Pots à eau avec leurs cuvettes.

152. — Bidet, décor en camaïeu.

153. — Statuette de sainte Barbe.

FAÏENCES DE NEVERS

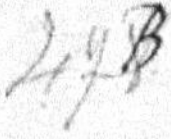

154. — Grand Vase couleur bleu manganèse, ornements de figures.

155. — Deux Plats drageoirs à sujets (*la Fileuse et la Fritillaire*).

156. — Belle Assiette à personnages, datée 1779.

157. — Deux Assiettes, période nationale : les trois ordres.

158. — Assiette, personnages en costumes *Louis XIII*.

159. — Assiette, paysage.

160. — Assiette.

161. — Deux Saladiers dont un à personnage.

162. — Saladier avec personnage chinois.

163. — Pichet à anse torse.

164. — Deux petites Plaques, décor japonais.

165. — Petite Potiche.

166. — Pichet émail bleu tigré.

167. — Pichet à personnages daté 1750.

168. — Mortier à anses torses.

169. — Deux Salières.

170. — Chandelier, époque *Louis XIII*, fleurs de lis aux angles.

171. — Encrier, décor persan.

172. — Petit Plat avec personnages.

173. — Petit Plat, bords relevés.

174. — Grand Plat.

175. — Assiette, décor japonais.

176. — Potiches avec personnages.

177. — Deux Casques formant pendants.

178. — Plat à bords retressés, décor persan.

179. — Salière de la première période ornée de personnages, sujet intéressant.

180. — Plat à barbe.

181. — Bénitier.

182. — Deux Saucières à anses.

MARSEILLE

183. Une belle Assiette, décor polychrome de Robert, d'après Berghem.

183 *bis.* Une autre, même décor, d'après Joseph Vernet.

184. Soupière avec couvercle formé par des poissons, décor de fleurs.

185. — Déjeuner doré, à anses et couvercle ornés de fruits.

186. — Deux Bouquetières.

187. — Grande et belle Poule.

188. — Plateau ajouré et cordonné.

FAIENCES DE MOUSTIERS

189. — Grand Plat, époque *Louis XIV*, avec grotesques et figurines d'amours dans les rinceaux.

190. — Beau Plat, décor de grotesques et de fleurs fond vert.

191. — Plat avec personnages très-fin.

STRASBOURG

192. — Porte-huilier rocaille, ajouré.

193. — Sucrier.

194. — Grand Plat rond.

195. — Trois Plats ovales.

196. — Légumier et petite Soupière.

197. — Broc avec son couvercle.

FAIENCES D'URBINO

198. — Coupe d'accouchée en faïence du XVIᵉ siècle, avec figures dans l'ombilic.

199. — Plat représentant *Diane au bain surprise par Actéon*, du XVI° siècle.

200. — Plat fond bleu et gris avec trophée d'armes, du XVI° siècle.

201. — Salière formée par des chimères, du XV° siècle.

203. — Plat, Nymphe et Satyre.

DELFT

203. — Deux Porte-tulipes, fin paysage. Signés *L. P. Kham* (1655).

204. — Grand Plat, décor japonais.

205. — Deux Assiettes.

206. — Belle Gourde dorée.

FAIENCES, ÉMAUX ET OBJETS DIVERS

207. — Quatre beaux et grands Vases en émail cloisonné de la Chine, formant garniture.

208. — Porte-montre en ancienne faïence de Saint-Cenis, décor polychrome, époque *Louis XV*.

209. — Grand Vase en ancien céladon à côtes, imitation de bronze.

210. — Encrier en vieux grès de Flandre avec entourage à jour, fin du xvie siècle.

211. — Lion en faïence de Palissy.

212. — Modèle de Tombeau antique en pierre de Munich.

213. — Plat italien en terre émaillée, ancien, représentant un sujet de coupe de Cellini (*Minerve et les Muses*), attribué à Cast-el Durante. Centre grisaille. Marly bleu.

214. — Plateau ajouré, beau décor cloisonné, des Hannong.

215. — Corbeille du même style allant avec ce plateau.

216. — Corbeille à côtes en faïence italienne.

217. — Presse-papier en faïence de Saint-Clément.

218. — Plaque représentant une sainte en faïence de Castelli.

219. — Plat en faïence de Perse.

220. — Urne *Louis XVI*, faïence bleue.

221. — Deux Gourdes avec l'inscription : *A boire.*

222. — Deux Assiettes Malicorne, Sarthe.

223. — Deux Statuettes de Niederviller. Jardinier et Jardinière.

224. — Sucrière rocaille doublement armoriée avec couvercle (Sceaux-Penthièvre).

225. — Pot bleu en vieux grès de Flandre ou d'Allemagne, sujets en grisaille.

PORCELAINES DIVERSES

226. — Pot à eau et sa Cuvette en vieux chine polychrome, décor d'oiseaux, insectes et fleurs.

227. — Petit Service à thé ancien, au dragon, bleu et or. — Quatre Tasses avec leurs soucoupes, Théière, Cafetière, Boîte à thé, Lampe, deux Assiettes bleues.

228. — Deux Potiches couvertes, une Tasse et sa soucoupe, porcelaine translucide de Siam, provenance authentique.

229. — Deux Brûle-parfums en porcelaine du Japon. Camaïeu bleu, décor de personnages.

230. — Tasse à anse et sa soucoupe montée, vieux chine, famille rose. Décor rare avec deux coqs polychromes.

231. — Petit Vase à fleur, vieux japon, rouge et or.

232. — Deux Assiettes, vieux japon, bleu, rouge et or.

233. — Deux Bols, même décor.

234. — Assiette vieux chine à reliefs.

235. — Assiette vieux chine, famille rose.

236. — Assiette vieux chine polychrome.

237. — Pou-t Sac, idole japonaise accroupie. Pièce ancienne
à rehauts d'or et à modelage avec creux.
Fabrication de la grande époque.

238. — Cornet du Japon, évasé, bleu, sujet de cavalcade
ancien.

239. — Plat japonais à décor bleu et or.

240. — Douze Assiettes octogones du Japon.

241. — Deux magnifiques Assiettes vieux chine, de la famille
rose.

242. — Plat de la Chine.

243. — Assiette Japon.

244. — Sept Flacons en très-beau japon, se réunissant sur
un même plateau.

245. — Assiette Chine, famille verte.

246. — Potiche de la Chine.

247. — Belle et grande Potiche du Japon avec personnages.

248. — Deux Salières porcelaine à la reine.

249. — Statuette en saxe.

250. — Objets non catalogués.

PARIS. — J. CLAYE, IMPRIMEUR, 7, RUE SAINT-BENOIT. — [60]

RED. :

21

MIRE ISO N° 1
NF Z 43-007
AFNOR
Cedex 7 - 92080 PARIS-LA-DÉFENSE

graphicom

0 1 2 3 4 5 6 7 8 9 10

BIBLIOTHEQUE NATIONALE DE FRANCE

****

CHATEAU DE SABLE

1995